GOLDMANN

*Buch*

»Keine Magie ist tiefer als die Kraft, die wir Liebe nennen.« Das Motto, das Hans Kruppa diesem neuen Gedichtband voranstellt, hätte treffender nicht sein können. Gefühlvoll und ohne aufgesetztes Pathos fängt er Stimmungen von großer poetischer Wirkungskraft ein, singt er eine Hymne auf das Leben und auf die Momente des Glücks. Auf unnachahmliche Weise beschreibt Kruppa so Erlebnisse und Gefühle, die aus der Herzensmitte stammen – Erfahrungen, die den Leser stets aufs neue dazu ermutigen, die magischen Momente des Alltags zu entdecken und zu genießen.

*Autor*

Hans Kruppa, 1952 in Marl/Westfalen geboren und dort aufgewachsen, studierte Anglistik und Sport in Freiburg und lebt seit 1981 als freier Schriftsteller in Bremen. Kruppa hat bisher mehr als 30 Bücher veröffentlicht, darunter Gedichtbände, Aphorismensammlungen, Romane, Erzählungen und Märchen.

*Von Hans Kruppa sind als Goldmann-Taschenbücher außerdem lieferbar*

Am liebsten mit Dir. Liebesgeschichten (42757)
Das Glück ist immer unterwegs. Gedanken (9712)
Die fliegenden Erdbeeren. Roman (9631)
Du lebst in mir. Gedichte (9716)
Ein Abend mir Dir. Roman (9234)
In deiner Nähe. Liebesgedichte (41157)
Kaito. Ein Märchen (41085)
Liebesgedichte (9266)
Lust auf Leben. Gedichte (9713)
Nur für dich (8869)
Nur wer sich liebt (8971)
Schau mal rein (8920)

Hans

# Kruppa

# Magische Momente

Gedichte

Goldmann Verlag

*Umwelthinweis:*
Alle bedruckten Materialien dieses Taschenbuches sind chlorfrei und umweltschonend.

Der Goldmann Verlag
ist ein Unternehmen der Verlagsgruppe Bertelsmann

Genehmigte Taschenbuchausgabe 8/95

Umschlaggestaltung: Design Team München
Umschlagmotiv und Illustrationen: Catherine
Druck: Presse-Druck Augsburg
Satz: Uhl + Massopust, Aalen
Verlagsnummer: 9714
MK · Herstellung: Stefan Hansen
Made in Germany
ISBN 3-442-09714-2

10 9 8 7 6 5 4 3 2 1

Keine Magie ist tiefer
als die Kraft,
die wir Liebe nennen.

## Unter Wasser

Als ich meine Tür öffnete,
um einkaufen zu gehen,
floß ein Ozean in meine Wohnung.
Ein großes Schiff zog vorbei,
der Kapitän grüßte mich vorschriftsmäßig.
Ich winkte lässig zurück.

Da ich keine Lust hatte,
mit Haifischen zu kämpfen,
verliebte ich mich unsterblich
in eine Meeresjungfrau,
die mich die Geheimnisse
der Tiefe lehrte.

Nun leben wir schon lange
weit unter dem Meeresspiegel,
sind glücklich und zeugen Nachkommen,
die wir mit Muschelfleisch füttern.

Es ist ein herrliches Leben –
nur manchmal fehlt mir meine
Schallplattensammlung,
mit der ich allerdings unter Wasser
nicht viel anfangen könnte.

## Was ich für dich tu

Ich trag dich hundert Kilometer
auf Händen durch die Wüste,
ohne daß du einen Sonnenbrand bekommst.

Ich schenk dir ein Traumhaus
auf einem magischen Wolkenberg,
von dessen Fenstern du der Welt
auf die Halbglatze spucken kannst.

Ich flieg mit dir abenteuersüchtig
durch den Weltenraum der Seele –
über die Grenzen der Zeit hinaus,
zeig dir die tiefsten Kräfte
und die hellsten Lichter
der tausend Gesichter des Lebens.

Du glaubst mir nicht?
Trommelwirbel! Schau, ich schlucke
jetzt das Feuer deiner Zweifel.
Deine Überraschung ist mein Applaus.

# Zirkus

Ich war der magische Clown
mit dem verrückten Grinsen,
der immer wieder unbeholfen
über seine eigenen Illusionen stolperte
und dich zum Lachen und Weinen brachte.

Ich habe kleine Wunder
aus dem Zylinder meiner Sehnsucht gezogen
und dich verwirrt mit meinen Prophezeiungen
in der Geheimsprache der Herzen.

Ich flog als tollkühner Trapezartist
ohne Netz durch die Lüfte des Augenblicks
und warf dir Handküsse in die Tiefe zu.
Du warst mein ganzes Publikum,
ich habe nur für dich gespielt,
gesungen und getanzt –
und meine Augen suchten immer wieder
dein Gesicht, dein Lächeln.

Ich habe Feuer geschluckt
und rostige Schwerter,
auch den oft schwachen Beifall,
selbst deine plötzliche Abwesenheit –
dies war mein größtes Kunststück.

Doch jetzt kann ich
keine Enttäuschung mehr schlucken,
sonst erlebst du
das Finale der Vorstellung:
den Sterbenden Schwan.

## Wie wär's?

Ich bin ein Ozeanriese
auf dem Meer deiner Gefühle,
aber wegen dieser
verdammten Eisberge
kann ich nur
mit halber Kraft fahren.

Wie wär's,
wenn du mal ordentlich
die Sonne scheinen läßt?

## Knalleffekt

Du hast
selten schöne Gefühle
in mir ausgelöst
und wieder ausgelöscht…
wie ein Kind,
das einen Luftballon aufbläst,
der in den Himmel steigen will,
und dann plötzlich
eine Nadel in ihn sticht.

Von solchen Knalleffekten
reicht mir einer.

Glaub mir,
wir hätten schönere
Explosionen erleben können.

# Kunststücke

Ich lebe von Luft und Liebe,
tanze auf dem Wasser
und speie Feuer,
um meine Pfeife anzuzünden.
Mit ihrem Qualm
hauche ich große Kringel
in den Himmel,
durch die ich gleich
fauchend springe
wie ein Tiger
durch den Feuerreif.

Du dort am Ufer,
die du nur siehst,
was du glaubst –
hörst du wenigstens
den Trommelwirbel
im Abendwind?

# Eine Welt für sich

Es ist eine wunderschöne Nacht.
Die Stadt schläft –
und wir wachen und lachen
über nichts und wieder nichts,
und ich lieb dich
und du mich.
Das Zimmer
ist eine Welt für sich,
gemacht aus Wärme,
Harmonie und Kerzenlicht.

Du bringst mir Rosinen,
legst deinen Kopf
auf meinen Rücken
und schweigst.
Dein Schweigen
ist unser Schweigen,
dein Herz fühlt
in meiner Brust,
mein Atem fließt
durch deinen Körper.

## So eine Liebe

Wenn ich einen Wunsch frei hätte –
ich würde mir eine
wahnsinnige Liebe wünschen,
die mich packt wie
der Wind eine winzige Feder
und auf und davon wirbelt.
Eine unfaßbare Liebe,
die mich gleichzeitig zum
Weinen, Lachen, Schreien bringt
und mir keine Wahl läßt,
als hemmungslos frei und glücklich
und außer Rand und Band zu sein.
Eine, die mich ungeniert
aus dem Kopf katapultiert –
hoch hinaus in ein Empfinden,
das sich selbst nicht fassen kann.
So eine Liebe,
die verrückt und süchtig macht
und die ganze Welt lachend
in die Tasche steckt wie eine Murmel.
So eine, die Gefühle weckt,
die nicht einmal ahnen,
daß es sie gibt.

# Frag mich nicht

Frag mich nicht,
wie er da hineingekommen ist,
aber in der 40-Watt-Glühbirne,
die ich eben gekauft habe,
sitzt ein kleiner Guru und strahlt.

Ich bin sicher:
wenn ich die Glühbirne
in meine Stehlampe schraube
und sie anknipse,
werde ich erleuchtet.

# Vom Dichten

Durch das Dach
meines Lebensgefühls
tropft seit ein paar Stunden
der saure Regen
der sogenannten Wirklichkeit.

Wird Zeit,
daß ich mir mal
aufs Dach steige
und tüchtig dichte.

## Vom Umgang mit Träumen

Ich möchte nicht wissen,
wieviele meiner Träume
desertiert sind im kalten Krieg
gegen die Wirklichkeit.

Aber ich werde ihnen
nicht den Prozeß machen,
wenn sie zu mir zurückkommen.
Nein, ich werde sie anlächeln,
an den Tisch meiner Seele bitten
und Götterspeise servieren!

# Träumst du schon wieder?

Wenn Polizisten auf den Dächern
ihrer Dienstwagen tanzen,
wenn in den Kirchen
Kinder lachend spielen,
wenn Fremde sich auf
offener Straße in die Arme fallen,
muß irgendwas mit deinen Augen
nicht in Ordnung sein –
oder du sitzt mal wieder
mit offenem Mund
im Kino deiner Sehnsüchte…
Wenn Minister im Parlament
vor surrenden Kameras
tief bewegt aus ihrem
Liebesleben plaudern,
und im zweiten Programm
wird gerade einem Pinguin
die Goldmedaille im
100-Meter-Stillstehen verliehen,
muß irgendwas an
deinem Fernsehgerät kaputt sein –
oder träumst du schon wieder
mit offenen Augen,
von denen man nie sagen kann,
wohin sie schauen?

# Eine Art von Regenbogen

Es gibt einen Regenbogen,
der nur deshalb leuchtet,
weil man ihn immer wieder anschaut,
und der verschwindet,
wenn man ihn zu lange nicht beachtet.
Und dann hilft alles Wünschen nicht mehr.

## Bestechungsaffäre

Ich weiß,
was ich will.
Ich weiß nur nicht,
ob das Leben
es mir auch gibt –
es hat so viele
Wünsche zu erfüllen.

Ich werde es bestechen:
mit meiner wachsenden
Liebe zu ihm.

## Spät kommst du

Von einem Tag
auf den anderen
bist du plötzlich da!
Triffst mich mitten ins Gefühl,
bringst mich zum Lachen
auf offener Straße.
Ich könnte abheben vor Vergnügen,
wenn ich deine Blumen sehe,
deine zarten, jungen Blätter.
Du malst mit Lust,
und deine Farben sind das Leben.

Spät kommst du, Frühling,
reichlich spät dieses Jahr –
aber dafür kommst du
einfach wunderbar.

# Ein Abend im Juni

Niemand kann mir mein Gefühl stehlen
niemand mich negativ berühren.
Ich ruhe in der Mitte meines Wesens
und fühle warmes Leben
in der Luft, die ich atme.

Ich bin ein Psycho-Astronaut
im freien Raum des Erlebens –
Lichtjahre entfernt vom Alltag
und seinen Fallen der Routine.

Ich habe die Abendsonne angebetet,
und sie hat mich geliebt.
Ich sah Gebüsche und Bäume
mit unschuldigen Blicken.

Farben sind die Kleider des Lebens,
der blaue Himmel seine offenen Augen.

# Gestern im Park

Der Regen trommelt
leise aufs Dach.
Ich liege und lausche
seiner beruhigenden Musik.

Schließ ich die Augen,
seh ich die unglaublichen
Farben der Blätter
an den Bäumen
im herbstlichen Park.

Das war gestern,
als es dunkel wurde
und das Laub
bei jedem Schritt raschelte.

Wir gingen Hand in Hand,
dann wieder Arm in Arm,
und manchmal
auch jeder für sich,
aber nur äußerlich.

Die Liebe war bei uns
die ganze Zeit,
sie fühlte sich wohl
in unsrer Mitte
und langweilte sich
keinen Augenblick.

Ein Pärchen sprach
uns zweimal an,
bat freundlich um
Zigaretten und Feuer,
bot uns Geld dafür.
Wir lächelten über
den durchsichtigen Vorwand;
die beiden wollten
keinen Tabakrauch,
sie wollten etwas
von unsrer Liebe atmen.

Ein Baum
wie aus einem Traum,
weit ausladend die Äste,
ein Rausch von Gelb sein Laub,
stand wie ein Wunder,
ließ seine tausend Arme
anmutig tanzen im Wind
und uns fassungslos stehen
vor so viel Harmonie und Schönheit.

Bilder,
die ganz tief sinken
auf den Grund des Erlebens,
wo keine Strömung der Zeit
sie davonspülen kann.

Nie liebte ich
einen Herbst so wie diesen,
der mir die Wärme,
die er aus der Luft nimmt,
in mein Herz legt –
damit es denen,
die ich liebe,
nie mehr kalt wird.

## Ein Rätsel

Die Vase fällt
hinunter und zerspringt,
und ihre Scherben hinterlassen
ein Rätsel auf dem Boden,
das nur die Katze lösen kann,
die die Vase umwarf,
sofern du ihr sanft
das Rückenfell kraulst
und in die Augen schaust,
wenn der Mond
so durchs Fenster scheint,
daß in dem Schatten,
den du wirfst,
die ganze Nacht
Platz findet.

## Magische Momente

Magische Momente –
wie sehr ich für euch lebe:
Wenn die Zeit sich vergißt
und das Sein klare Antwort
und Geheimnis ist zugleich,
überwältigend unfaßbar
und doch zum Greifen nah –
dann bin ich angekommen,
vom reinen Leben angenommen.

## Als wir Urlaub machten

Als wir Urlaub machten
im Land unserer Sehnsucht,
am Strand der Phantasie,
tanzte das Sonnenlicht
tausendfach auf dem
Meer der Zeitlosigkeit –
und helle Freude
spielte in uns
ihre neuesten Lieder
im Rhythmus unsrer Herzschläge.

Ein Narrenschiff zog vorbei,
nicht weit entfernt,
die Segel bunt –
mit Kurs auf die Insel
hinter dem Tor des Regenbogens.

Wir winkten den
Träumern an Bord zu,
wünschten eine phantastische Reise
und baten um baldige Flaschenpost
an die Adresse unsrer Liebe.

## Wir hatten die Liebe zu Gast

Ewigkeit lag in den Augenblicken,
und doch gingen sie zu schnell vorbei,
als wir die Sonnenuntergänge anbeteten
am Ende der Welt,
wo wir keine Adresse hatten,
nur uns und ein einfaches Apartment
mit Balkon und Blick aufs Meer.
Die Saison war längst abgelaufen,
wir waren die einzigen Gäste
und hatten die Liebe zu Gast
wie eine unsichtbare Dritte,
die mit uns lachte und aß und schlief,
die unsre Schritte lenkte
und unsre Hände mit Leben füllte,
wenn wir uns berührten –
die aus unsren Blicken strahlte,
wenn wir uns anschauten
und ohne ein Wort unsre
tiefsten Geheimnisse anvertrauten.

# Und wir flogen

Gestern nacht ging ich spazieren
auf der sonnigen Straße neuer Träume.
Eine Weile lief ich allein –
plötzlich kam mir eine Frau entgegen.
Sie lächelte aus sich heraus
und schaute in mich hinein.
Ich bot ihr einen Flug
mit meinem Herzen an.
Sie zögerte und sagte:
»Mein Herz ist schwer zur Zeit,
du wirst mit ihm nicht
von der Erde loskommen.«
Ich gab zur Antwort:
»Da ist auf einmal
so schöne Musik in der Luft,
und ich will mit dir tanzen,
bis wir leicht genug sind,
den Boden unter
unsren Füßen zu verlieren.«
Sie überlegte nicht lange
und zog die Schuhe aus.

Eine andere Frau näherte sich uns
und sagte im Vorübergehen:
»Liebe – mein Gott,
zwei backen einen Kuchen,
und wenn er aus dem Ofen ist,
schlagen sie sich um
den größeren Teil.«

Wir hatten keinen
Appetit auf Kuchen –
und tanzten,
bis wir abhoben.
Und wir flogen
hoch und weit
und tief dem Leben
ins Herz hinein.

Ein solcher Flug
geht immer
zu schnell vorbei,
und wo man auch landet,
lebt man nur
für den nächsten.

## Keine Magie ist tiefer

Ich könnte stundenlang
in deinen Augenseen
nach Liebesschätzen tauchen
und meinen Atem vergessen.

Keine Magie ist tiefer
als die Kraft,
die wir Liebe nennen.

Ich möchte noch wehrloser,
noch schwereloser werden –
wie eine kleine weiße Feder
in der offenen Hand des Zaubers.

# Eine Frage der Balance

Ich bin die geländerlose Brücke
und auch das Wildwasser,
über das sie führt.
Wenn du hineinstürzt,
klage nicht über die
Existenz des Wildwassers.
Lerne besser balancieren!

## Suche mich schweigend

Bestürme mich
nicht mit Worten.
Erzähle mir keine Geschichten.

Suche mich schweigend
in meinem Schweigen.

So finden wir
am leichtesten den Weg
in ein gemeinsames Gefühl.

## Wie ein Stein

Nach zu vielen Tagen,
in denen wir
zu wenig voneinander hatten,
tauchte ich ein
in deine Schönheit und Wärme
und sank und schwebte
bis auf den Grund –

wie ein Stein,
der mir vom Herzen fiel.

## Wie könnte ich

Da alles drunter
und drüber geht,
wie könnte ich Klarheit
von dir verlangen?

Wie könnte ich überhaupt
etwas von dir verlangen,
wenn alles, was uns
höher bringen kann,
wie von selbst geschieht,
aus freiem Willen kommt,
aus purer Lust,
Lebendigkeit zu zeugen.

## Dieses gewisse Etwas

Etwas selten
Schönes in dir,
kleine Muschel,
das leuchtet
wie eine Perle,
wenn du dich öffnest.

Dieses gewisse Etwas
hat mir geholfen,
deine harte Schale
zu verstehen und
besser mit ihr umzugehen.

## Eines Abends vielleicht

Können wir uns
die halbherzigen Gefühle
von der Haut streicheln,
all die bequemen Kompromisse
von der Seele waschen mit dem
Heilwasser unserer Liebesquelle?

Wird es eines Abends,
wenn wir uns ganz tief
in den Armen liegen,
keine Vergangenheit mehr
zwischen uns geben,
die uns hindert,
den kostbaren Traum,
den wir so lange träumten,
endlich zu leben?

# Wenn wir uns so anschauen

Es ist mir egal,
wie du heißt und was
du gelernt hast und wo
du in der Gesellschaft stehst.
Wenn wir uns so anschauen,
gewinnen wir eine andere Welt,
die nur uns gehört,
die wir wie neugeboren betreten -
ohne die Last des Vergangenen
auf unseren Seelen.

# Wenn mehr Poesie wäre

Mit Worten erreichen
kann man nur jene,
die zu hören bereit sind;
mit Händen berühren
nur jene,
die zu lieben verstehen.

Wenn mehr Poesie wäre
zwischen den Menschen,
würden weniger Gedichte geschrieben
und mehr gelebt werden.

## Gib gut auf deine Träume acht

Gib gut
auf deine Träume acht,
ohne sie bist du
verraten und verkauft.
Gib ihnen nur das Beste,
lies ihnen jeden Wunsch
von den Augen ab –
und laß sie niemals warten.
Halt warme Kleidung
stets für sie bereit,
wenn sie spazieren wollen
in der Weltgeschichte,
in der es für sie,
selbst im Hochsommer,
oftmals schneit.

Gib gut
auf deine Träume acht,
sonst fliegen sie davon.
Und mit ihnen
deine Flügel.

# Die Wunder geschehen anderswo

Nach einem Einkaufsgang
durch die Innenstadt,
sage ich mir nichts Neues:

Die Kälte zwischen den Menschen
auf den Bürgersteigen
ist unverändert streng
und läßt das Ausmaß
der Eisigkeit in
gut geheizten Häusern
nur erahnen.

Das traurige alte Lied
von einem Dauerfrost,
den der Wetterbericht verschweigt.
Ich hab es oft genug gesungen.
Inzwischen langweilt es mich,
menschliche Klimaverhältnisse
zu bedauern.
Und der Wunsch zu helfen
hat seine Ohnmacht erfahren:
Es ist hoffnungslos
und tut dazu noch weh,
Eisklötze aufzutauen
mit der Wärme nackter Gefühle.

Ich versuche längst nicht mehr,
Lasten zu bewegen,
die hundertmal größer sind
als meine Kräfte.

Die Wunder geschehen anderswo.

Ich suche die Überraschung,
die Schönheit des Unverhofften,
die den Atem aussetzen läßt
sprachlose Augenblicke lang.

Faszination ist immer nah,
wenn wir uns nach ihr sehnen.
Oft genügt nur eine winzige
Veränderung des Sehens,
und das Leben beginnt
sich zu entschleiern –
einer Tänzerin gleich
mit köstlicher Spannung
seine Nacktheit preiszugeben,
die alles ist,
was ich erträume.

Könnte ich zaubern,
mir genügten ein paar Stunden,
und die Welt wäre
eine Oase des Glücks,
eine funkelnde Perle im All,
ohne Erinnerung an die
Schrecken der zwischenmenschlichen
Eis- und Steinzeit.

# TV

Wenn du dort auf dem Hügel stehst,
bist du dem Himmel nicht so nah
wie die Antennen
auf dem Dach des Hochhauses,
die dort für rund fünfzig Haushalte
bunte und schwarzweiße Bilder einfangen,
um damit Menschen Zeit zu stehlen,
Träume und auch Zärtlichkeit,
denn wer schmust und kuschelt schon,
wenn Derrick denkt
und Kuli sein Gesicht verrenkt,
wenn Schimanski flucht
und der Alte den Mörder sucht,
während Gottschalk den Elstner
auf dem Traumschiff interviewt,
das durch das dallasische Meer denvert,
während Boris und Steffi
in einem Tennisball
die Erde umkreisen.

## Harte Zeiten

Kaum eine Wiese ist jetzt noch
voller versteckter Ostereier;
dafür sind die Zeiten hartgekocht,
wenn auch nicht gerade bunt.

Gute Gefühle verschwinden spurlos,
die unzähligen Vermißtenanzeigen
will niemand bearbeiten.
Illusionen werden ohne Warnung
auf offener Straße erschossen –
es herrscht Krieg
zwischen Sehnsucht und Wirklichkeit.

Träume sind vogelfrei –
und nur ihres Lebens sicher,
solange sie höher fliegen,
als die Realität schießen kann.

# Rat einer guten Fee

Sei nie
wie die Welt.

Sei immer
wie ein Märchen,
das sich selbst erzählt.

## Pedro lacht

Pedro tanzt,
die Welt dreht sich
unter seinen Schuhen
wie ein großer Spielball.

Pedro lächelt.
Sein Lächeln
kommt von innen.
Und kein böser Blick
kann es ihm weggucken,
so stark ist es.

Pedro lacht,
denn er ist
mit Haut und Haaren
verliebt ins Leben.

Hörst du sein Lachen nicht –
ganz tief in dir?

## Werbung fürs Leben

Ordne das Chaos –
es gibt Momente,
da ist es nicht so schwer.
Ideen flattern frei umher.
Greif einfach in die Höhe
und hol dir eine herunter –
mal dein Leben bunter.

# Das stärkere Gefühl

Wenn ein Name
zum Zauberwort wird
und ein paar Augen
zu einer Geheimtür
auf der Suche nach
dem stärkeren Gefühl…

dann ist die Fülle,
die Herz und Seele satt macht,
auf einmal in der Luft,
die wir atmen.

# Gischt

Wir tranken den
Sonnenuntergang
über dem Meer
mit tiefen Atemzügen.
Unsere Kraft
stand wie ein Fels
in der Brandung,
und all die Liebe
zwischen dir und mir
flog wie die Gischt
hoch in den Wind.

Wir sahen uns nicht an,
doch unsre Blicke
waren eins
hinter dem Horizont.

# Gewachsen

Du bist mir gewachsen –
wie Paradiesfrüchte
am Baum der Erkenntnis,
daß wir zusammengehören.

# Grenzen vergessen

Türen öffnen,
Räume entdecken,
Grenzen vergessen.

Wir sind weit mehr,
als wir ahnen.

Innere Augen öffnen,
durch Mauern spazieren,
über Abgründe springen.

Alle Wege ins Freie
führen nach innen.

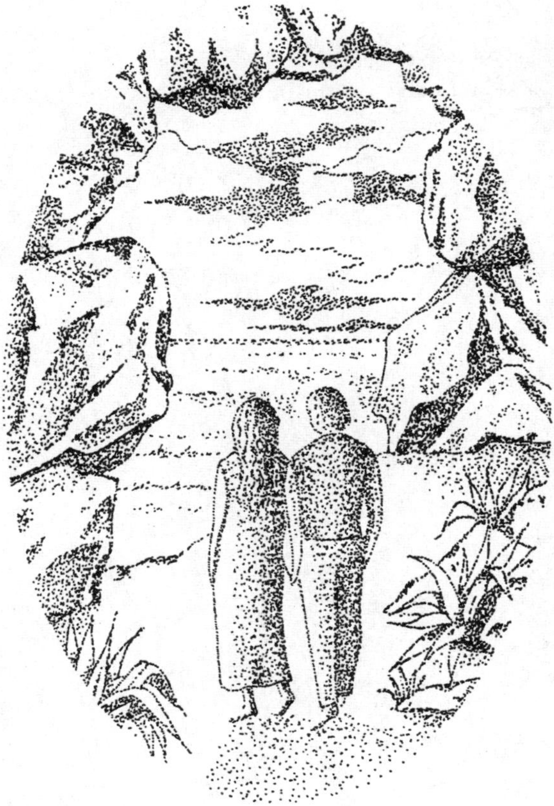

## Innere Stille

Im Grunde möchte ich
jetzt nur sitzen,
einfach dasitzen
und die Stille fühlen,
die ich sein kann,
die ich kenne und liebe.
Diese Stille,
die keinen Gedanken zuläßt
und keine Bewegung,
die nichts braucht
zu ihrem Glück
als sich selbst.

Meine Stille –
sie kommt und geht.
Ich kann sie nicht halten –
es sei denn,
ich liebte nur sie.

## Freischwimmer

Nur noch tun,
was mir Freude macht,
und alles andre lassen.

So kann ich alles,
was ich tue, lieben –
und brauche nichts mehr
zu verachten oder hassen.

Diese Freiheit habe ich
mir herausgenommen.
Um nicht in üblen Zwängen
nach und nach unterzugehen,
hab ich mich freigeschwommen.

## Vom Suchen und Finden

Die Sonne strahlt,
du gehst am Flußufer entlang –
und aus heiterem Himmel fliegt
dir ein langgesuchtes Lebensgefühl zu,
das dich zum Lächeln bringt.

Und du fragst dich,
was die ganze Suche soll,
wenn das Finden
sich nirgendwo versteckt.

# Verantwortungsgefühl

Ich bin gläubig,
aber konfessionslos und unbekehrbar.
Meine Kirche ist die Schönheit,
meine Dreifaltigkeit
die Liebe, das Leben und die Kunst.

Ich bin ein Pilger
auf dem Weg
in die höchste Liebe,
ins intensivste Leben,
in die größte Kunst.
Dieser dreifache Weg
ist mein Schicksal,
mein Schicksal ist
das Ergebnis meiner Wahl.
Ich treffe sie täglich,
stündlich, augenblicklich –
immer aufs neue.

Ich höre nicht auf,
mich zu befragen.
Nur so kann ich
mein Leben verantworten.

# Zwischen Sehnsucht und Angst

Zwischen Sehnsucht und Angst
pendeln wir:
Angst, verletzt zu werden –
und Angst, zu verletzen;
Sehnsucht nach Liebe,
nach Erfüllung unsrer Träume …

Was uns Glück verspricht,
was uns innere Heimat sein könnte,
zerrinnt traumgleich gerne dann,
wenn wir es am meisten brauchen –
und die Enttäuschung treibt uns
viel zu weit lebensabwärts,
ohne die Kraft,
gegen den Strom zu schwimmen …

Bis uns unverhofft
neue Hoffnung zuströmt –
aus Quellen,
die unerschöpflich scheinen.

# Vom Gipfel der Nacht

Es kommt
und es geht.
Es fließt.

Und du
fließt besser mit.

Deine Fragen
sind Staub auf Buchrücken.
Deine Worte
Papier im Feuer.

Vom Gipfel
der Nacht gesehen
ist alles verzaubert.

# Die Frau deiner Träume

Die Frau, von der du
immer wieder träumst…

Einmal saß sie nackt
am Klavier deines Großvaters
und kreuzte schamlos
Beethoven mit den Rolling Stones.
Doch als du deine Hand
zärtlich auf ihre Schulter legtest,
verwandelte sie sich
in eine schwarze Katze,
die auf den weißen Tasten
des Klaviers einherschritt,
ohne einen falschen Ton zu spielen.

In einem anderen Traum
sahst du sie stolz und frei
auf einem Löwen reiten,
der ihr aufs Wort gehorchte.
Ihre langen Haare flatterten
herrlich im Wind,
als sie an dir vorbeiritt
und dir einen Blick zuwarf,
den du nie vergessen wirst.

Einmal erschien sie dir als Prinzessin,
die dir das Leben schenkte,
obwohl du ihr Rätsel nicht lösen konntest.
Ein anderes Mal als gute Fee,
die dir den Weg wies aus einem Labyrinth.
Und dann einmal –
du wirst es immer vor dir sehen –
kam sie zu dir in die Wohnung
wie eine Geliebte,
die sich entschlossen hat,
alles zu riskieren.
Sie sank dir entgegen,
und du sahst das Paradies
in ihren Augen aufleuchten.
Doch dann klingelte
das Telefon im Nebenzimmer;
du hattest vergessen,
es leise zu stellen.
Sie verflüchtigte sich
mit deinem Traum,
und du erwachtest
mit leeren Armen.

Die Frau, von der du
immer wieder träumst...

Heute nachmittag sahst
du sie in der Innenstadt.
Sie saß auf dem Beifahrersitz
eines roten Autos,
das vor einer Ampel hielt.
Eure Blicke trafen sich,
und es war dir,
als habe sie dich erkannt
wie du sie.
Doch ehe du etwas tun konntest,
fuhr das Auto weiter,
um die Frau deiner Träume
spurlos zu entführen.
Es begann zu regnen,
doch du konntest dich
nicht von der Stelle rühren.

## Aus heiterem Himmel

Ich höre, du bist jetzt
eine große Attraktion
mit deinen weißen Wunderhunden,
die auf rohen Eiern tanzen
und mit ihren Schwänzen
Ping-Pong spielen,
während du als
Königin des Augenblicks
verflossene Liebhaber aus deinem
sternenbesetzten Zylinder zauberst
und mit brennenden Herzen jonglierst.

Die Leute in den ersten Reihen
gäben ein paar Wochen ihres Lebens
für einen ganz direkten Blick
von dir in ihre faszinierten Augen,
doch du schaust majestätisch
über sie hinweg nach oben,
von wo gerade zwei bunte
Papageien kommen und sich
auf deine Schultern setzen,
um dir in Stereo ins Ohr
zu flüstern, daß sie dich
immer lieben werden.

Deine Augen funkeln farbenprächtig
wie zwei angestrahlte Bergkristalle
im Applaus des Publikums,
und die Menschen liegen
dir zu Füßen.

Du gehst zu ihnen
wie auf eine Brücke
über den Fluß des Ruhms,
ins Land der lächelnden Steine,
in dein Haus aus Zauberformeln,
wo du die Hoffnungen
deiner Verehrer aus antiken,
reich verzierten Gläsern trinkst,
doch ohne eine Wirkung zu verspüren.

Bis plötzlich aus heiterem Himmel
der Eine auftaucht und dir
mit einem Fingerschnipsen
alle Lichter auf einmal anzündet –
und du erschreckt wahrnimmst,
wie kalt es in dir geworden war.

Und wenn du dann mit ihm
langsam die Kleider ablegst,
um von nun an für alle Zeiten
die Götter der Wärme anzubeten,
werden deine weißen Wunderhunde
nur noch schwarzsehen
und deine Verehrer
traurig im Regen stehen.

Doch er schaut dir
wortlos in die Augen
und pustet herrliche Seifenblasen
aus seinen Fingerspitzen,
in denen sich dein Lächeln
tausendfach widerspiegelt.

## Vitamin L

Laß die heißen Jungs rein,
um Licht in alle Seelen zu singen
mit ihren glitzernden Stimmen!
Laß die bunten Hunde
und die wilden Katzen kommen,
bis das Leben sich vor Vergnügen
in den Bauch beißt!
Mach die Tür weit auf
und laß die Puppen tanzen,
wenn die Musik auf uns zukommt
wie eine neue große Liebe!
Denn heute hat der Rhythmus Geburtstag,
und er wünscht sich
Feuer, Schönheit, Ekstase –
und seine tausend Namen
haben Namenstag:
Samba, Bossanova, Reggae,
Tango, Rumba, Cha-Cha-Cha
wiegen sich lachend
im Pulsschlag ihrer Kraft.
Rock'n Roll, Beat und Swing
wirbeln derwischgleich
in- und durcheinander –
und Vitamin L
knistert in der Luft.

Die Seele hat Hunger!
Jeden Tag braucht sie Vitamin L
wie Lebenslust und Liebe
und Lächeln und Lebendigkeit.

Die Band brennt darauf,
ein neues Feuerwerk zu zünden.
Der Drummer gibt das Zeichen –
und ab geht die Post
auf dem Luftweg des Herzens
ins Land der tausend Tänze!

# Magischer Zirkus

Kommen Sie näher,
treten Sie ein in den magischen Zirkus,
nehmen Sie Platz auf der Höhe IhrerTräume –
und – sehen Sie, es geht schon los!

Ein Zauberkünstler macht
aus Mücken Elefanten,
die Riesenseifenblasen
aus ihren Rüsseln trompeten,
um schließlich spurlos in ihnen zu verschwinden.
Jongleure zünden die Lichter
in den Augen der Kinder an,
und zwei dressierte Seehunde singen im Duett.
Vier Löwen spielen Tatzentennis,
Pinguinpaare tanzen Wiener Walzer.
Ein bunt bemalter Zeppelin
landet in der Manege,
und ihm entsteigen Luftpiraten,
die bunte Bilder aus ihren Pistolen schießen.

Zu einem Trommelwirbel
steigt der Mann im Mond
in seinem glitzernden Pyjama
winkend von der Himmelsleiter,
umarmt den Zirkusdirektor,
wirft Kußhände und Zauberbonbons
ins Publikum,
deren Füllung glücklich macht.
Dann ruft er lachend:
»Träume – bevor sie erfüllt werden,
müssen sie erst erfühlt werden!«

Und aus dem Paradies
kommt ein Telegramm –
es schreibt sich selbst
mit Geisterhand in den Manegensand:
›Ankomme jeden Augenblick,
in dem Ihr Euch im Lebensfest
total vergeßt!‹

## Hexe

Du hast Musik in der Stimme,
Intensität im Blut.
Du bist eine Hexe –
und du hext so gut.
Du braust magische Tränke,
legst einen Bann auf mich –
du fliegst auf einem Besen,
und ich flieg auf dich.

Hexenblick irritiert,
Hexenhand verwirrt,
Hexenliebe fasziniert.

Du hast Feuer in den Augen
und den Schalk im Genick,
Hitze in den Händen
und Ahnung vom Glück.
Hast Rosinen im Kopf,
Sternschnuppen auf der Haut.
Deine Haare knistern –
du bist eine Teufelsbraut.

Hexenwort ist ehrlich,
Hexenzorn gefährlich,
Hexenzauber unerklärlich.

## Hexenkunst und Feuersbrunst

Wie aus dem Finale
eines Feuerwerks geboren
standst du,
eine wahre Hexe,
vor mir und schenktest
diesem öden Abend
einen unverdienten Glanz.
Mit einer kleinen Drehung
deines Zauberrings hättest du
Luftschlösser einstürzen,
mit einem leisen Wort
Berge versetzen können.
Deine Macht war nicht
von dieser Welt.
Aus welcher Phantasie
hattest du dich in
unsre Stadt verlaufen?

Du warst der wilde Farbklecks
auf der grauen Leinwand
einer öden Wirklichkeit.
Du warst das Lachen über den Wolken,
das Engel so entzückt,
daß sie ihr Harfenspiel vergessen.
Du warst die Geheimtür
aus dem Alltag der Gefühle,
die wandelnde Magie,
die Seelen zum Fliegen reizt.

Ich fürchtete mich vor deinem Blick
und ersehnte ihn wie nichts zuvor.
Als er dann kam,
lachte ich laut –
und liebte die Liebe
viel zu sehr,
um einen Moment zu zögern,
mich Hals über Kopf
in sie hineinzustürzen
wie in warmes Wasser,
zumal ich bis über beide Ohren
in Flammen stand.

Jetzt lag mein Leben in deinen Händen,
und ich fragte mich,
wie oft ich fähig sein mochte,
für dich zu sterben,
wenn du deine Arme nicht ausbreiten würdest,
um mich dort aufzufangen,
wo ich mich
für unsre Liebe fallen ließ.

Doch du legtest lächelnd
deinen Zeigefinger auf die Lippen,
um meinem Denken Schweigen zu gebieten
und kamst –
kamst wie immer schöner
werdende Musik auf mich zu…

Langsam,
dachte ich bislang,
sei das Erwachen
eines großen Traums,
der über dem langen Warten
auf sein Wahrwerden
sterbensmüde geworden
und tief eingeschlafen war.

Doch dein Blick
übersprang mit einem Lächeln
alle Hürden der Zeit,
als sei dies Kinderspiel –
und nur der erste Schritt…

Leben ist Feuer,
sagte dein Blick –
ohne Angst, ohne Ziel
und ohne einen Weg zurück.

# Die Zukunft ist alles

Mach's gut, Bruder,
du bist nicht der
einzige Sänger in der Nacht …
Während Babys im Schoß
der Unschuld schlafen,
spielt der Mond Roulette
mit seiner dunklen Seite
und setzt seine ganze
Romantik auf Schwarz.
Du gehst die wilden Wege
des Begehrens entlang
auf der Suche nach Augen,
die du in einem Traum sahst
gestern nacht – und deine Schritte
klingen wie Fragen an die Sterne.
Die schönen Frauen sind alle
in ein anderes Land gezogen,
wo die Menschen sich anbeten
und Bäume lachen können.

Sei froh, Schwester,
Glück ist ein seltenes Licht
in den Augen der Liebenden,
und die Zeit sitzt müde
auf dem Boden eines Weinglases
und läßt dich an die Ewigkeit denken.
Deine neuen Schuhe funkeln
im Laternenlicht, während du
die Straßen der Sehnsucht entlanggehst –
zu dem Haus ohne Wiederkehr.

Bleibt jung, Kinder,
ihr könnt eure Begeisterung
nicht in die Wüste mitnehmen,
aber ihr könnt fliegen
über die Berge eurer vagen Ängste
wie Adler im Wind.

Laßt uns nicht von
vergeudeter Zeit reden.
Die Zukunft ist alles,
was euch zu lieben bleibt –
wie die besten Gefühle
eures Herzens.

## Inhalt